AF370228

Vente du Samedi 10 Avril 1875

SALLE Nº 9

OBJETS D'ART

ET DE CURIOSITÉ

ARMES ANCIENNES

MEUBLES EN BOIS SCULPTÉ

CONSOLES DES ÉPOQUES LOUIS XV ET LOUIS XVI

BELLES TAPISSERIES AU POINT ET DE BEAUVAIS

EXPOSITION PUBLIQUE

Le Vendredi 9 Avril 1875

Mᵉ CHARLES PILLET,
COMMISSAIRE-PRISEUR
10, rue de la Grange-Batelière.

M. CHARLES MANNHEIM,
EXPERT
7, rue Saint-Georges.

CATALOGUE

D'UNE JOLIE RÉUNION DE

OBJETS D'ART

ET DE CURIOSITÉ
ARMES ANCIENNES

FERS OUVRÉS

Faïences et Porcelaines ; Miniatures ; Bijoux ;
Sculptures en ivoire et en marbre ;
Objets variés ; Meubles en bois sculpté du XVIᵉ siècle ; Belles Consoles
des époques Louis XV et Louis XVI ; Dessus de table en marbre vert antique ;
Meuble de salon couvert en tapisserie de Beauvais ;

BELLE TAPISSERIE AU POINT DU TEMPS DE LOUIS XIV

Suite de cinq jolies Tapisseries de Beauvais à sujets de style flamand ;
ÉTOFFES ANCIENNES ; TABLEAUX ET DESSINS;

DONT LA VENTE AURA LIEU

HOTEL DROUOT, SALLE N° 9

Le Samedi 10 Avril 1875

À DEUX HEURES.

Par le ministère de Mᵉ **CHARLES PILLET**, Commissaire-Priseur,
10, rue de la Grange-Batelière,

Assisté de **M. CHARLES MANNHEIM**, Expert, 7, rue St-Georges,

Chez lesquels se trouve le présent Catalogue.

EXPOSITION PUBLIQUE : Le Vendredi 9 Avril 1875,

De une heure à cinq heures.

CONDITIONS DE LA VENTE

Elle sera faite au comptant.

Les adjudicataires payeront *cinq pour cent* en sus des enchères.

L'exposition mettant le public à même de se rendre compte de l'état des objets, il ne sera admis aucune réclamation une fois l'adjudication prononcée.

Paris. — Imprimerie PILLET FILS AÎNÉ, rue des Grands-Augustins, 5.

DÉSIGNATION DES OBJETS

ARMES ET FERS

1 — Beau gantelet en fer repoussé à cariatide ailée, rinceaux, groupes de fruits, et à brisures gravées à trophées d'armes, rinceaux et mascarons. XVIᵉ siècle.

2 — Bel éperon en fer gravé à rinceaux et doré. XVIᵉ siècle.

3 — Dos de brigantine garnie en velours brun clair.

4 — Devant de cuirasse en fer, de forme élégante et à bandes de rinceaux et cariatides finement gravés sur fond rehaussé de dorure.

5 — Deux hallebardes découpées en croissant et gravées à armoiries, mascarons, trophées d'armes et ornements. XVIᵉ siècle.

6 — Belle épée à large garde, composée de deux coquilles en fer ciselé à figures, rinceaux et cariatides repercés à jour, et à longs quillons droits.

7 — Belle rapière espagnole à corbeille à recouvrement
en fer ciselé à fleurs arabesques, dauphins et ornements repercés à jour. La garde et les quillons sont à
torsade.

8 — Beau heaume du xvi⁰ siècle, à bandes gravées et dorées, et portant des dauphins surmontés de la couronne
royale ouverte.

9 — Morion du temps de Louis XIII, en fer repoussé en
bandes sur fond pointillé, à sujets de chevaliers et de
trophées d'armes encadrés par des fleurons. Le bord
est orné de rondelles en cuivre gravé.

10 — Casque de combat en fer poli du xvi⁰ siècle, à visière
et ventail fermés. Son bord est orné de rivets en cuivre.
Forme élégante.

11 — Beau mousquet à rouet du xvi⁰ siècle, forme dite
pied de biche. Le canon et la platine sont décorés de
cuivre gravé et doré. Le bois est incrusté de nacre et
d'ivoire teint en vert. Belle conservation.

12 — Autre joli mousquet du xvi⁰ siècle, de même forme,
La platine et le canon en fer bleui sont rehaussés de
parties gravées et dorées. Le bois est incrusté de plaques d'ivoire gravé.

13 — Canon de rempart du xvi⁰ siècle, en bronze ciselé
portant un écusson uni. La monture bardée de fer est
du temps.

14 — Grande targe du xvᵉ siècle, de forme ovale, en bois bardé de fer et recouvert de toile peinte ornée d'un buste de sultan. Pièce curieuse.

15 — Petit bouclier, forme dite *rondelle de poing*, en fer recouvert de velours avec appliques en forme de croix. Cette arme défensive était accrochée au ceinturon.

16 — Grande cotte de mailles à manches courtes, du xvᵉ siècle, en maillons plats rivés au feu.

17 — Deux gantelets du xviᵉ siècle, cloutés de cuivre; l'un d'eux est gravé.

18 — Arbalète de chasse portant la date de 1670. Elle est à double détente et son bois est incrusté de plaques d'ivoire gravé.

19 — Grande épée de corporation du xviiᵉ siècle. La garde est en cuivre ciselé et doré ainsi que sa poignée qui est ornée d'écaille et de cabochons.

20 — Jolie épée de cour Louis XVI. Sa poignée est en argent massif ciselé et doré. Belle lame gravée de Tolède.

21 — Petite dague à quillons courts et à coquille ciselée à jour. La lame de Tolède est gravée et dorée.

22 — Poudrière italienne du xviᵉ siècle, en cuir gaufré et ciselé. La monture est en fer noir.

23 — Jolie poudrière du xvi⁰ siècle, en fer poli, gravé et
canelé.

24 — Porte-épée Louis XV à crochet en acier ciselé à jour,
et deux clefs d'arquebuse dont une gravée.

25 — Petit amorçoir en buis sculpté, en forme de cœur,
orné de rinceaux et de médaillons. xvi⁰ siècle.

26 — Clef d'arquebuse à manche travaillé à jour et gravé
au burin.

27 — Amorçoir du xvi⁰ siècle, muni d'une baguette en
fer.

28 — Petite épée Louis XIII. La garde en fer noir porte
des traces de damasquinure.

29 — Paire d'éperons Louis XIII, en fer bleui à grandes
boucles et rosaces découpées à jour.

30 — Paire d'éperons Louis XIII en fer poli, et un grand
éperon doré de carrousel.

31 — Grande poudrière triangulaire garnie de cuir et de
plaques en fer découpé.

32 — Série de machines de siége provenant de l'ancien
musée des ducs de Lorraine : mangonneau du xv⁰ siècle ; baliste ; demi-chat pour miner du xv⁰ siècle.

33 — Tour roulante pour donner l'assaut, xv⁰ siècle. Chat pour passer les fossés, xiii⁰ siècle.

34 — Grand bélier à bascule. Bélier du xv⁰ siècle. Mantelet d'approche de même époque.
Les trois numéros qui précèdent pourront être réunis.

35 — Jolie clef en fer, à tête composée de deux cariatides de femmes se terminant par des têtes d'oiseaux. Collection Leroy-Ladurie.

36 — Amorçoir en forme de flacon en fer incrusté d'argent. Epoque Louis XIII.

37 — Deux encensoirs en bronze du xiv⁰ siècle, à ornements, figures, etc. en relief.

38 — Heaume en fer avec visière à grille. xvi⁰ siècle.

39 — Lame d'épée dont le talon porte des traces de gravure.

40 — Trois paires d'étriers en fer.

41 — Fermoir d'escarcelle en cuivre ciselé à figures et ornements. xvii⁰ siècle.

42 — Poignée et serrure du xv⁰ siècle en cuivre doré. La poignée, placée au centre d'un quatre feuilles découpé,

porte des armoiries et des ornements gravés. La serrure a son entrée formée d'un petit château-fort en haut-relief.

43 — Serrure de coffre en fer, ornée de têtes de dragons. xve siècle.

44 — Deux verrous à plaques en fer repoussé à figure, cariatides et rinceaux, et à boutons formés de têtes de guerriers. xvie siècle.

45 — Jolie clef en fer, finement gravé et doré, à chiffre découpé à jour, et surmonté d'une couronne de marquis. Beau travail du xvie siècle.

46 — Clef à canon et tête en fer, couverts d'ornements gravés et portant des traces de dorure. xvie siècle.

47 — Grande serrure de coffre en fer, du xve siècle, avec chiffre surmonté d'une couronne.

48 — Couteau-présentoir du xve siècle, à manche d'ivoire et garniture en argent gravé, portant les initiales R. O. F. Dans sa gaîne du temps.

49 — Couteau et fourchette du temps de Louis XIII, à manche d'or ciselé à ornements.

50 — Deux couteaux du xvie siècle, à manches garnis en cuivre finement gravé.

51 — Poignée de porte en fer ciselé, à mascarons et ornements. XVIᵉ siècle.

FAIENCES ET PORCELAINES

52 — Deux vases de forme sphérique, en ancienne faïence
de Castel-Durante, à décor de rinceaux sur fond bleu
et médaillons de saints personnages. Ils sont montés en
lampes en bronze.

53 — Compotier ou plat ovale à côtes, en ancienne faïence
de Rouen, à décor en camaïeu bleu.

54 — Deux plateaux ronds sur piédouche, de même faïence
et de décor analogue.

55 — Deux pots en ancienne faïence de Delft, dont un à
jour, et deux petits bols en poterie de Satzuma.

56 — Col de vase en ancienne porcelaine de Chine émaillée
gros bleu, avec pied et anses rocaille en bronze ciselé
et doré.

57 — Deux coupes rondes en ancienne porcelaine de Chine
fond bleu fouetté, montées à trépieds en bronze doré.

58 — Deux jardinières à pans en ancienne porcelaine de
Chine, décorées de fleurs émaillées en couleurs.

59 — Deux corbeilles ovales à deux anses, en porcelaine de
Mayence (Hœchst), décorées à l'intérieur de fleurs et
d'oiseaux.

MINIATURES ET BIJOUX

60 — Grande et jolie miniature ronde sur vélin, par
Charlier : baigneuse.

61 — Reliquaire ou cassolette de forme contournée, à double face, en or ciselé à ornements, coquilles et figures,
et encadrement découpé à jour. xviie siècle.

62 — Bijou pendentif formé d'un Saint-Esprit en or
émaillé enrichi de perles fines. L'applique qui le sur-
monte est formée de rinceaux en or et en perles.

63 — Épingle-broche ornée de onze roses rapportées sur
verre bleu.

64 — Tabatière plate à angles coupés en or émaillé en
plein, à médaillon de personnages, fleurs et quadrilla-
ges. Travail de Genève sous Louis XVI.

65 — Garniture de dix-huit boutons ornés de miniatures
en grisaille. Époque Louis XVI.

66 — Vingt petits camées sur coquille représentant des
bustes de rois de France.

67 — Pied en cristal de roche, à têtes de béliers en relief.

68 — Miniature ovale sur ivoire ; portrait de femme à mi-corps et coiffée d'un chapeau de paille. Dans un cadre en bronze surmonté de deux colombes.

69 — Miniature ronde, d'après Fragonard : jeune femme gravant des initiales dans l'écorce d'un arbre. Dans un cadre en or gravé.

70 — Miniature anglaise de forme ovale sur ivoire : portrait de femme. Elle porte un monogramme et elle est montée dans un médaillon en or avec parquet de cheveux et chiffre E. C.

71 — Bague en or ciselé du xvie siècle, avec chaton carré.

72 — Petit album sur vélin renfermant quantité d'études d'animaux et de caricatures au trait ; parmi ces dernières, on remarque la tête du pape Alexandre Borgia. xvie siècle.

73 — Couronne de Vierge en cuivre doré surmontée de fleurs de lys et enrichie de petites plaques d'argent niellé. xve siècle.

74 — Tabatière en forme de bateau, en agate, taillée à cuvette et montée en argent.

75 — Tabatière carrée en agate rouge ou cornaline, taillée à cuvette et montée en argent doré.

76 — Trois pièces : couteau en cuivre émaillé se terminant par l'avant d'un lion, et couteau et fourchette à manches posés d'argent.

77 — Cuiller flamande en ivoire sculpté du xvi* siècle, à figures et ornements.

78 — Collier en or de travail moderne et médaillon Louis XV, avec sujet en émail entouré de perles et de pierres de couleur.

79 — Broche et deux boucles d'oreilles en corail rose, avec monture en or.

OBJETS VARIÉS

80 — Ivoire. — Trois bas-reliefs sans fond, représentant les trois empereurs d'Allemagne.

81 — Ivoire. — Haut-relief représentant le Christ insulté par deux hommes du peuple.

82 — Buis. — Figurine de jeune nymphe debout.

83 — Marbre blanc. — Petite tête de l'empereur Septime-Sévère. Travail antique. Elle provient de fouilles faites à Rome.

84 — Marbre blanc. — Pendule du temps de Louis XVI, à figure de vestale debout s'appuyant sur une urne.

85 — Grande et belle coupe ronde sur pied à balustre en marbre rouge des Pyrénées.

86 — Deux grands vases de même matière, en forme de balustre, polis à l'intérieur et surmontés de cornets évidés.

87 — Grande coupe en marbre vert surmontée d'un cornet évidé.

88 — Autre coupe de même forme et de même matière, mais plus petite.

89 — Deux vitraux, représentant des figures de chevaliers et de châtelaines, et portant des armoiries et des inscriptions.

90 — Deux autres vitraux à armoiries et inscriptions. L'un d'eux représente le sujet de la fable du Renard et du Corbeau.

91 — Grand médaillon en ivoire sculpté de la fin du xvie siècle, représentant des nymphes et des satyres.

92 — Deux porte-montres du xviie siècle, en bois sculpté, ornés de figures allégoriques.

93 — Paire de bottes espagnoles richement piquées en vert sur des découpures en cuir.

94 — Pipe en écume de mer avec monture en argent.

95 — Cinq jolies petites serrures du xvie siècle, en fer
gravé et doré, et pied de reliquaire Louis XIII, en
bronze ciselé et doré.

96 — Petite coupe à couvercle en marbre rouge et applique de meuble en bronze ciselé.

MEUBLES ET BRONZES

97 — Grand meuble en bois sculpté, fermant à deux portes
formées de panneaux décorés de bustes et de rinceaux,
et à colonnette centrale ornée d'une figurine d'enfant
debout. Les angles, à colonnes cannelées, sont surmontés de statuettes. xvie siècle.

98 — Petit bahut à panneaux ornés de bustes, et à figures
debout en ronde bosse. xve siècle.

99 — Petit coffret en marqueterie de bois, avec fermeture
en fer finement gravé, au chiffre de Marie Leczinska.
Il porte la signature de *Boiron, coutelier du Roy, à
Moulins.*

100 — Beau coffre en bois sculpté, rehaussé de dorures,
composé de panneaux du xvie siècle à sujets de personnages en haut-relief, et à couvercle formé d'une grille
gothique en fer découpé.

101 — Belle console Louis XVI en bois sculpté, doré en
partie, à frise de lauriers supportée par deux colonnes

cannelées et par deux fortes têtes de béliers ornées de festons de lauriers. Dessus de marbre.

102 — Table en bronze vert. Reproduction d'après l'antique.

103 — Deux belles consoles du temps de Louis XV en bois sculpté, à ornements rocaille et fleurs, et à dessus de marbre.

104 — Écritoire Louis XIV en marqueterie de cuivre, à ornements, rinceaux, etc.

105 — Très-grande console en bois sculpté et doré, à ornements rocaille et à dessus de jaspe de diverses nuances encadré de bronze doré.

106 — Grande console de style Louis XVI en bois sculpté et doré, à guirlandes de fleurs et à entre-jambes à vase, avec dessus de marbre blanc.

107 — Pendule Louis XV, avec socle de suspension en bois peint en noir, rehaussé d'or. Elle est surmontée d'une figure de Minerve en bronze. Mouvement de Mouttet, à Paris.

108 — Secrétaire Louis XVI, à porte à abattant, en marqueterie de bois de rose, à vases et ornements.

109 — Beau dessus de table en marbre vert antique. Long., 1 m. 20 cent. ; larg., 59 cent.

110 — Six fauteuils Louis XVI, couverts en tapisserie, à médaillons, figures et animaux, d'après Boucher, encadrés de rinceaux et de fleurs.

111 — Quatre autre fauteuils, couverts en tapisserie, à sujets tirés des fables de La Fontaine.

112 — Canapé couvert en tapisserie à fond blanc, et décor de rinceaux et vases de fleurs.

113 — Beau cadre du xviie siècle en bois sculpté et doré, à fleurons. Dimensions de l'ouverture, 83 cent. sur 65.

114 — Autre cadre en bois sculpté et doré en deux tons. 55 sur 38.

115 — Petite console ancienne en bois d'acajou et à dessus de marbre.

116 — Petite table à ouvrage Louis XVI en acajou, garnie de cuivre.

117 — Deux chenets du temps de Louis XV en bronze doré, à figures d'enfants bacchants, sur socles rocaille.

118 — Deux chenets Louis XVI, à vases sur socles ronds ornés de bas-reliefs.

119 — Deux girandoles Louis XV en bronze, à trois lumières.

TAPISSERIES ET ÉTOFFES

120 — Suite de cinq jolies tapisseries de Beauvais, à sujets champêtres, dans le style des maîtres flamands. Belle conservation.

121 — Grande et belle tapisserie au point, représentant des figures dans des paysages exécutés en couleurs sur fond noir. La bordure offre des animaux et des fleurs. Très-belle conservation. Haut., 2 m. 65 cent.; larg., 3 m. 95 cent.

122 — Petit tapis de table en soie bleue, brodé en soies de couleurs et or, à fleurs, oiseaux et écussons armoriés. XVIIᵉ siècle.

123 — Deux coussins de même travail.

124 — Grand tapis persan, ancien, à riche dessin à rosaces et ornements variés.

125 — Deux lambrequins en satin rose, brodés en soie blanche, à palmettes et rosaces.

126 — Très-grande et belle portière du temps de Louis XIII, en guipure, à damier et à figures.

TABLEAUX

127 — École italienne. — Tête de Vierge.

128 — Même École. — Deux pendants. Paysages avec figures.

129-130 — Édouard de Beaumont. — Deux jolies feuilles d'éventails; l'une d'elles en soie blanche. Elles seront vendues séparément.

131 — Géricault. — Étude : cheval à l'écurie.

132 — Girodet. — Deux dessins : études d'hommes.

133 — Henry Lévy. — Esquisse.

134 — Deux aquarelles. — Grenadiers de la garde.

135 — Aquarelle par Rauch. — Paysage suisse.

136 — Deux gravures : *Tentation de saint Antoine*, de Nicolas Cochin ; et la *Résurrection*, de Michel-Ange.

RED. :

21

graphicom

0 1 2 3 4 5 6 7 8 9 10